U0032933

# 聽，世界在吟唱

## ——詩的禮物2

李敏勇 編著

〈序曲〉

# 詩的禮物——給有童稚之心的人們

一段動人的話語，就用來當做《詩的禮物》這個系列的序曲吧！這個系列是給有童稚之心的人們閱讀的。

曾經是英國人，後來歸化為美國公民，但英國和美國都視他為自己國家詩人的奧登（W. H. Auden，1907～1973），這麼談到他創立「詩人學校」但未實現的夢想。他列舉了一些相關的課程以及想法：

「成為詩人，首先要住在鄉村，如果出生在鄉村那更好。如不幸出生在都市，也要盡量到山野、海濱，去觀察自然生態，學習自然的色彩和韻律。學習的科目包括：航海、天文學、氣象學、生物學、歷史、地理、農耕、烹飪、文化人類學、考古學、幾何學、社會禮儀、修辭學，以及背誦荷馬以來文學史上偉大的詩。重要的是，在詩人學校的圖書室，丟棄有關詩的評論、詩的作法等書籍。」

奧登的話，和同於文學教育的想法，但含有深刻的道理。因為他認為：生命感覺的涵養和訓練才是成為詩人不可或缺的條件。這種想法，做為閱讀者的觀念，也是重要的。

詩做為禮物或做為信物，分別在教養或敬訓的意義視野裡，也分別在抒情或批評的意義情境中。給有童稚之心的人們的詩的禮物，呈現的是在教養視野裡的抒情情境作品。是為了閱讀，而不是為了研究。在某種意義上，回應的是生命感覺的涵養和訓練。

有童稚之心，才能真正進入詩裡既簡單又深刻的世界。在人們的心性裡，原來都具備這樣的條件，但世俗化、功利化讓這樣的天賦失去了。翻閱這本書的每一首詩的禮物時，就重新把握這樣的天賦吧！

# 目錄
CONTENTS

# 目錄

CONTENTS

目錄

CONTENTS

金子美鈴

# 善美的靈魂，真摯的心

一九八〇年代中期，我在一次日本之旅，看見金子美鈴的詩集。各式各樣的版本，文字版、繪本、有聲書……一個被重新發現的名字，在童謠詩的領域裡散發著光。那時候，我的兩個女兒才上小學，我把金子美鈴的詩譯讀給自己的女兒聽。一些美麗的想像流露自純真的心靈，也感動像我這樣成為大人的人的心。

出生於一九〇三年（日本明治三十六年），死於一九三〇年的金子美鈴，生命是短暫的，不過二十多年時間。但那正是日本文學、藝術勃興，社會思潮興盛的時代。

一九二〇年代中期，二十歲左右的金子美鈴發表許多膾炙人口的童謠詩，被當時著名的詩人西條八十（1892～1970）譽為童謠詩的彗星。但婚姻不美滿的她，以二十七歲之齡離開人間，留下來的作品，也在時代變遷中被淹沒。一直到一九八〇年代，金子美鈴才重新被發現。她的詩全集出版，英譯本也面世，並且被以繪本和有聲書的形式，與喜愛閱讀的日本人對話。國小教科書收錄她的作品，暢銷百萬冊的盛況，讓日本人再認識了金子美鈴。

在金子美鈴的故鄉，日本山口縣的長門市，如今有市街上的「金子美鈴紀念館」，也有ＪＲ仙崎車站的「美鈴館」，金子美鈴就讀小學、高等學校必經之路被命名為「美鈴路」，她的一首童謠詩被譜曲，用於紅綠燈號誌的盲人穿越音樂。她的詩碑更成為長門市的景觀。日本的偶像劇，女星松隆子擔綱演出的《金子美鈴物語》連續劇，詮譯了她的詩與人生。

我在二〇〇一年，以《星星與蒲公英》出版了金子美鈴二十六首詩，配上朱美靜的插畫繪本。這些金子美鈴的漢譯作品，也引起海外通行中文閱讀者的喜愛。金子美鈴的童謠詩就像花的靈魂一樣，有著真摯和善美的詩境。感動的不只是孩子，感動的是每一個人。

**＊詩的禮物**（李敏勇譯詩）

- 草地
- 土
- 積雪
- 神和蜜蜂
- 星星和蒲公英
- 魚
- 睫毛上的彩虹

# 草地

我光著腳，
走在露濕的草地上，
感覺好像我的腳漸漸染成綠色。
也感覺好像草香融入腳裡。

假使我繼續走，
一直到我變成草，
我的臉將變成一朵美麗的花，
盛開著。

＊清晨，赤腳走在草地，這是在鄉間的田園才會有的經歷，或有親近自然之心才會有的經歷。走在草地，因為露水而濕潤的草地，感

覺自己的腳像草一樣，變成綠色，因為腳裡有草香融入的緣故。

這麼想像，整個人變成草，那麼臉會成一朵花，一朵盛開的花。純真的心，融入自然的心境。

# 土

敲打敲打，
敲打過的土地，
會變成好的田地，
長成好麥子。

從早到晚
踏行的土地，
會變成好的道路，
讓車輛通行。

沒有敲打的土地，
沒有踏行的田地，
是沒有用的土地嗎？

不不，
它會是不知名野草
美好的家。

＊土地，有些是田園，有些是道路。田園種植稻米、麥子或其他作物，這是耕種的土地；道路則是車輛通行的土地。不同的功用，但都經過人的加工。敲打和踏走就是利用的意思。

一種純真的視野，看沒有敲打，沒有踏行的土地。既不是田地，也不是道路，這樣的土地也有它的功能，會長出不知名的野草，也成為自然的一部分。

# 積雪

上面的雪
一定覺得冷。
輕盈地依偎著冰冷的月光。

底部的雪
一定覺得沉重。
負荷成百人的重量。

中間的雪
一定覺得孤單。
它既看不見天也看不見地。

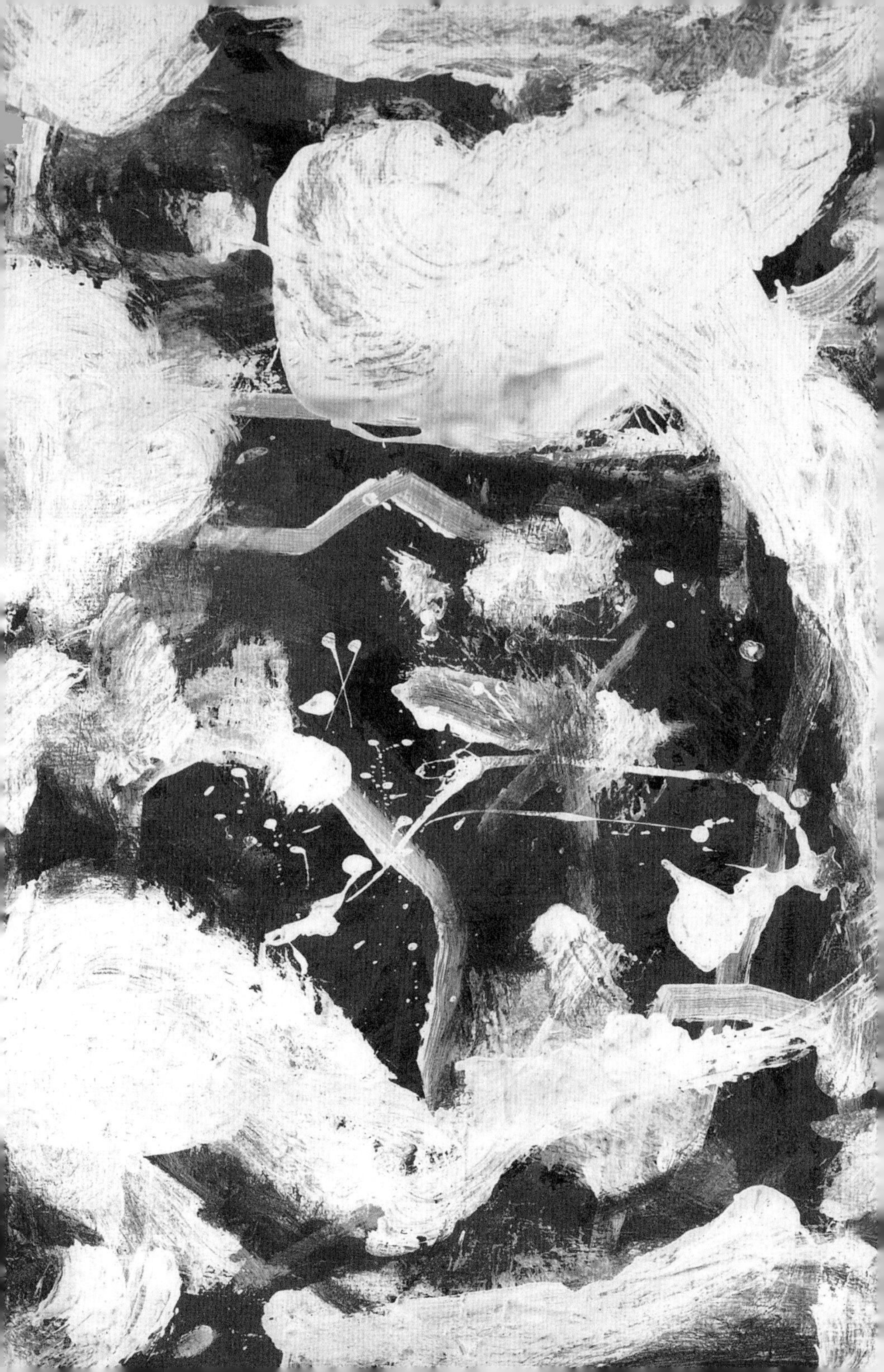

*在下雪的國度才有這麼動人的經驗與想像；而且要有天真的心靈，才能夠有這樣的視野。

把雪想像成有生命有感覺的生命。它的整體成為各個部分：上面的雪，覺得冷；底部的雪，覺得沉重；中間的雪，覺得孤單。像疊羅漢一樣，雪也有生命，也像人。

堆積的雪，不只是一種風景，更是群體。看著雪，想像人的境域。

# 神和蜜蜂

蜜蜂在花朵裡，
花朵在花園裡，
花園在樹籬內的泥土裡，
泥土在市鎮裡，
市鎮在日本裡，
日本在世界裡，
世界在神裡，
就像這樣，像這樣，神
在小小的蜜蜂裡。

＊從蜜蜂、花朵、花園、樹籬、泥土、市鎮、日本、世界到神，然後蜜蜂，物的關係鎖鏈彷彿一個圓，從開始又返回原點。小小的蜜

蜂，大大的世界；微不足道的蜜蜂，深不可測的神。萬物的連帶，出乎一心。巨大在微小之中，城鄉在國家裡，而國家在世界裡。

在藍天深處，
就像在海底的小石子
日間的星星，沉落著等待夜晚的來臨，
在我們眼裡是看不見的。
　雖然我們看不見，但它們存在著。
　有些事物看不見，但存在著。

枯萎散落的蒲公英
靜靜地藏在屋瓦的隙縫裡，
它堅強的牙根，等待著春天的到來，
在我們眼裡是看不見的

雖然我們看不見，但它們存在著。

有些事物看不見，但存在著。

*眼見為憑嗎？不盡然如此！

白天的天上也有星星，但因為太陽光太亮了，我們看不見。彷彿海底的小石子，我們看不見一樣。因此，看不見不一定不存在。

蒲公英在寒冬，牙根在屋瓦的隙縫等待春天發芽，我們的眼睛也看不見。但它存在。

有些事物看不見，但存在著。這是充滿想像的觀照。

# 魚

我覺得海裡的魚好可憐。
田裡的稻米是人耕種的，
牧場的牛群是人飼養的，
池塘的鯉魚也是人餵食的。

但海裡的魚，
完全沒有人照顧。
而且即使他們沒有犯錯，
也像這樣被我吃掉。
我覺得魚可憐。

*吃魚時，想到海裡的魚並不是人飼養的，而且也沒有犯錯，仍

然要被人吃掉，覺得魚可憐。在孩子的心目中，海裡的魚不像田裡的稻米，不像牧場的牛群，也不像池塘的鯉魚。人沒有照顧牠們，為何吃牠們呢？一種天真的同情心。

## 睫毛上的彩虹

拭了又拭
眼淚還是流不停，
從淚水裡面
產生一個念頭，

——我一定是
被抱來的孩子——

而當我注視又注視
我睫毛尖端美麗的彩虹，
出現一個想法。

——不管今天茶點是什麼

我都會驚喜——

*小孩子有時候會被父母責備，以為父母不疼愛，以為自己是被抱來的孩子。被責備而淚流不止的小孩，這麼想。但，淚水沾濕睫毛，遇到陽光，出現彩虹，就像霧濕的早晨，遇見陽光；或水濕的黃昏，出現太陽光。彩虹的美麗景象，讓小孩釋懷了。不管今天媽媽準備什麼茶點，都不會任性地挑剔，會以驚喜的心情期待！

窗道雄

# 童稚之心，詩性想像力

窗道雄是臺灣兒童文學界熟悉的名字，他有許多兒童詩集在臺灣譯介出版，也常常被討論。記得〈小象〉這首詩，就是一個例子：

小象，
小象，
你有一個好長的鼻子喲。

小象，
小象，
告訴我你喜歡誰。
我喜歡媽咪，
我最喜歡她了。

大象小象都有長長的鼻子，用鼻子來連結小象和母親，讓閱讀的兒童充滿興味，大人讀起來也會心一笑。具體、簡單、有趣，構成童謠詩吸引人的因素。窗道雄的詩就因為這樣留在我心底。我在兩個女兒就讀小學時，也嘗試以動物和植物為題材寫了一些詩發表，某種程度是受到他的影響，認為每個詩人都應該為孩子們寫一些詩。

出生於日本山口縣德山寺的窗道雄，原名石田道雄。他與臺灣頗有淵源，十歲時曾和家人來台居住，並就讀台北工業學技（後來的台北工專及台北科技大學），畢業後在臺灣總督府的道路港灣課任職。喜歡詩歌的他在一九三四年向日本的刊物投稿童謠作品，被日本詩人北原白秋賞識。太平洋戰爭期間，他的工作是有關東南亞各地物資運送和官方文件的傳達。

二戰後，回到日本的窗道雄，先在《婦人畫報社》副刊，後來從事編輯工作，不斷出版童謠作品，在日本受到歡迎。

日本皇妃美智子很喜歡窗道雄的童謠作品，英譯了《魔術袋》（*The Magic Pocket*）和《動物們》（*The Animal*）兩本窗道雄作品，並配上著名插畫家安野光雅的插畫，獲得國際安徒生童書獎的鼓勵，把窗道雄的童謠推介到世界。

童稚之心和詩性想像力，描繪並呈現了甜蜜動人的世界。以孩子們最有興味的動物、植物和簡單的事物，窗道雄巧妙的詩的語言不但讓孩子喜歡，也讓大人心動。

**＊詩的禮物**（李敏勇譯詩）

・小鳥
・愉悅的風景
・海浪和貝殼
・魔術袋
・兩隻山羊的信
・早安・晚安

# 小鳥

從天空掉落的
露珠？

一首歌的
音符？

我可以觸撫你嗎？
就僅僅以我的眼睛

＊以露珠的滴落，那麼微小的形影描繪一隻小鳥從天而降的姿勢；以一個音符的豆芽菜形影描繪小鳥，帶有聲音，特別是帶有歌聲。

但更重要的是「我」與「小鳥」的連帶感，不是以「手」去觸撫小鳥，而是以「眼睛」。

視覺性的接觸，經由觸撫的意味形成愛惜的心意。

綠蠵龜

## 愉悅的風景

水
水平地流溢

樹
垂直地站立

山的姿勢
非常水平
非常垂直

平和穩固的
是我們的家
對我們而言是一切的創造物

*在孩子的眼中，家是一切的根基。

流溢之水呈水平的；站立之樹呈垂直的。這樣的自然風景，呈現在一座山，既水平而又垂直。

從水到樹而山，孩子的視覺裡捕捉風景的形象。回到對於自己的家的觀照，不用水平和垂直，而用平和穩固來形容。

家不是自然風景，家是創造物，是一切的創造物。水平，垂直，平和穩固，都呈現愉悅的風景。

# 海浪和貝殼

海螺，你是怎麼生出來的？
我是
海浪旋啊旋
轉啊轉啊的時候生出來的。

桃貝，你是怎麼生出來的？
我是
海浪照著夕陽的光的時候
生出來的。

圓貝，你是怎麼生出來的？
我是
海浪起著泡沫泡泡時

生出來的。

＊海螺、桃貝和圓貝都是貝類生物，都有貝殼。海灘常常可以看到貝殼，那是貝類生物的軀殼，也是貝類生物的房子。

童稚的聲音問海螺、問桃貝、問圓貝，問不同的貝類生物怎麼生出來的。海浪旋啊旋，轉啊轉啊；海浪照著夕陽的光；海浪起著泡沫泡泡。海螺、桃貝和圓貝回答他們出生的經歷，讓貝殼和海浪的關係密不可分。貝殼就是海浪沖到海灘而留下來的貝類生物的房子或軀殼。

# 魔術袋

袋子裡
有一個小餅乾。
碰碰袋子，
變成兩個！

再碰碰袋子，
變成三個。
我越碰它，
變得越多！

我希望我有
一個那樣的袋子！
我希望我有

一個那樣的袋子！

*孩子們看魔術師變魔術時，常目瞪口呆，覺得不可思議，感到神奇。不可能中的可能，讓魔術吸引孩童的眼。

魔術袋在魔術師的巧手下，會無中生有，會變出東西。想想看，自己如果有一個魔術袋，一個餅乾能變成兩個，再變成三個。這是何等神奇的事！

# 兩隻山羊的信

黑羊收到白羊的信。
還沒有看就吃掉了。
「喔——啦——啦！怎麼辦呢？」
牠寫一封信問說：
「我說啊，你信裡究竟，究竟說什麼啊？」

白羊收到黑羊的信。
還沒有看就吃掉了。
「喔——啦——啦！怎麼辦呢？」
牠寫一封信問說：
「我說啊，你信裡究竟，究竟說什麼啊？」

＊山羊吃草，低著頭吃草。

一隻黑羊收到白羊的信，沒有看信就當做草，吃掉了。

一隻白羊收到黑羊的信，黑羊信裡究竟說什麼？白羊也沒看信，就當做草，吃掉了。

巧妙的安排，兩隻山羊，因為迷糊或貪吃，互相不知道信裡的話語。

# 早安．晚安

早安，早安！
日出了。
爹地起床，
媽咪起床，
姊姊起床，
哥哥起床，
嬰兒起床，
每個人起床。
早安，太陽——

晚安，晚安——
一天過了。
嬰兒上床，

姊姊上床，
哥哥上床，
媽咪上床，
爹地上床，
每個人上床。
晚安，月亮！

*日與夜的生活情景，在孩子心目中，簡化成起床和上床。起床，向太陽說早安；上床，向月亮說晚安。

在孩子的心目中，生活是簡單的。一家大小，從父母親到兄弟姊妹，每個人以起床和上床做為一天的開始和結束。

簡單的敘述反映孩子的心靈，因為簡單，而透明，而純淨。

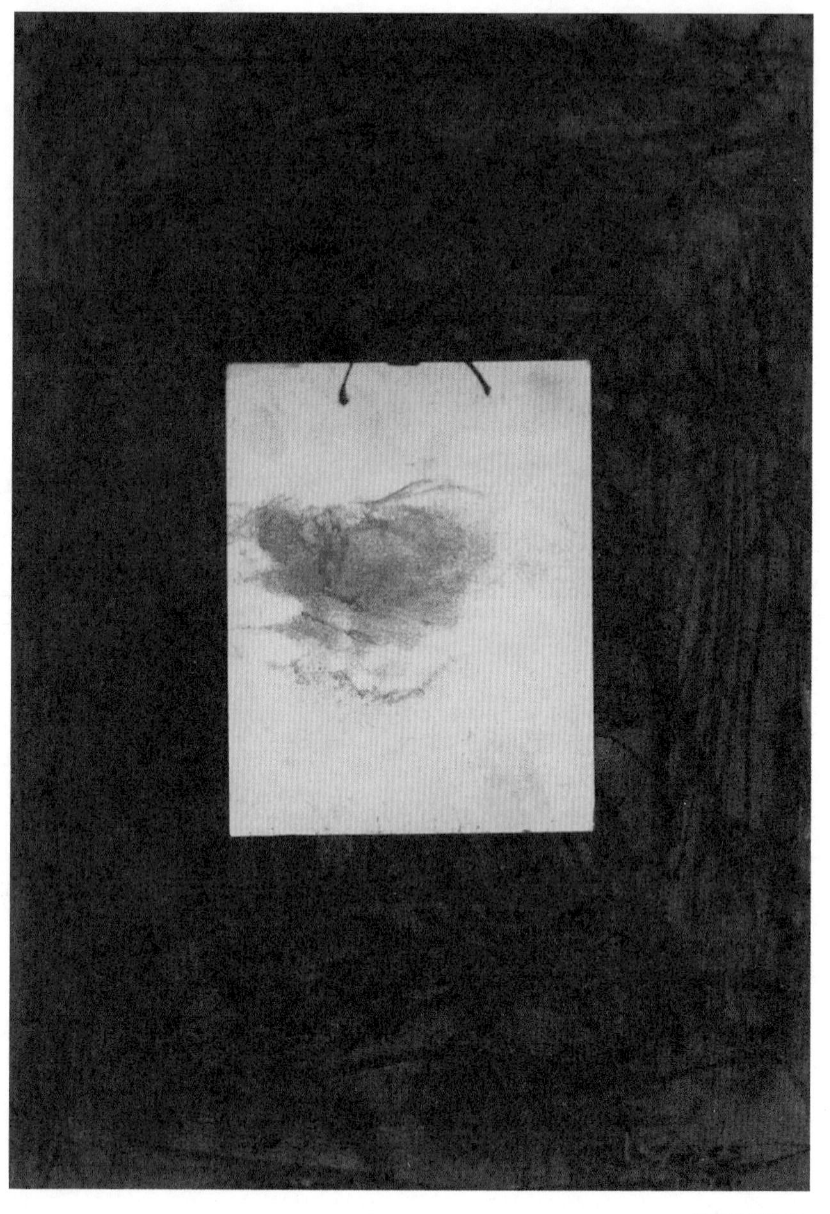

情感購物袋

谷川俊太郎

# 明亮的現實，光耀的人間

谷川俊太郎（1931～），是當代日本最被知曉和閱讀的詩人。父親是哲學家的他，高校畢業，十九歲開始寫詩。二戰後，於一九五二年出版第一本詩集《二十億光年的孤獨》，就受到矚目。

二戰後的日本，從戰敗的廢墟出發，詩充滿暗澹的色彩。但谷川俊太郎以明朗的感情突破戰後詩的困頓、破滅感，在他接續出版的幾部詩集，以歌唱青春，對戀人之愛，展開新的詩情，獲得日本讀者的喜愛。

在台北的書店，也可以看到英譯本的谷川俊太郎詩集。在日本，谷川俊太郎的著譯相當多，更是書店陳售的主要詩集。在其他國家，谷川俊太郎也是最容易買得到的日本詩人詩集，可以想見他的地位。

一九九一年，我在自己的一首詩：〈詩的光榮〉，引述谷川俊太郎〈胡蘿蔔的光榮〉中兩行詩句：「列寧的夢消失了／而普希金的秋天留下來」，而寫下：「谷川俊太郎先生／實在太美了／從你的莫斯科印象裡／我彷彿看穿了蘇聯的風景……」那是蘇聯解體前，谷川俊太郎在莫斯科旅行後的感觸。列寧的夢是共產革命；而普希金的秋天，意味的是普希金的詩，以及俄羅斯的秋天景致。

谷川俊太郎也為舞台寫詩劇，在電台朗讀詩歌，他的詩之所以有廣大閱讀者，除了作品的明朗感情之外，也加上在出版、傳播方面的相關條件，讓人想到已故從舊蘇聯流亡美國，死後安葬在威尼斯的猶太裔詩人布洛斯基（J. Brodsky，1940～1996），這位一九八七年諾貝爾文學獎得主，曾經說詩應該在超級市場、便利書店可以買得到，詩應該連帶於生活。

谷川俊太郎的詩，讓詩的閱讀再燃起熱情。簡單的行句裡，動人的詩情，詩就這麼在人們的生活裡，成為感性的亮光，彷彿從樹影間透露新的觀照。

**＊詩的禮物**（李敏勇譯詩）

- 河流
- 雨，請落下來
- 成長
- 坐著
- 拒絕
- 襤褸

# 河流

母親，
為什麼河流在笑？
為什麼，因為太陽正在搔癢
河流。

母親，
為什麼河流在唱歌？
因為雲雀讚美河流的聲音。

母親，
為什麼河流寒冷？

它記憶起曾經被雪愛戀。
母親，河流多大年紀？
它的年齡就如同永遠年輕的春天時光。

母親，
為什麼河流永不休息？
是啊，你看那是因為母親之海
等待著河流回家。

*簡單的母子對話，描述了河流的樣態。河流在笑，是因為水波反射太陽光；河流唱歌，是雲雀的聲音；河流寒冷，因為那是雪融化後的溫度。河流的年齡如同春天；而河流不停息，是要流到母親的懷抱。

# 雨，請落下來

雨，請落下
淋在一個不被愛的婦人
雨，請落下
淋在眼淚不滴到的地方
雨，請落下　秘密地。

雨，請落下
淋在龜裂的田野
雨，請落下
淋在乾枯的井
雨，請落下　而且快些。

雨，請落下

淋在汽油彈的火焰
雨，請落下
淋在燃燒的村落
雨，請落下　狂暴地。

雨，請落下
淋在無邊際的沙漠
雨，請落下
淋在潛藏的種子
雨，請落下　溫柔地。

雨，請落下
淋在甦醒的綠色。

*祈求雨落下來，淋在不被愛的婦人，淋在眼淚滴不到的地方；淋在龜裂的田野，淋在乾枯的井；淋在汽油彈的火焰，淋在燃燒的村落；淋在無邊際的沙漠，淋在潛藏的種子；淋在甦醒的綠，從人間之愛到地域之愛，以至對戰火破壞的關懷，到氣候、季節變遷的關愛，以至生命再生的關注，雨成為愛與憐憫的手，流露詩人的情懷。

# 成長

三歲
對我而言沒有過去
五歲
我的過去回溯到昨天
七歲
我的過去回溯到最紛亂的武士
十一歲
我的過去回溯到恐龍
十四歲

我的過去等同於學校教科書

十六歲

我注視帶有恐懼的無限大過去

十八歲

我不知道關於時光的事情

*成長的經驗，從三歲、五歲、七歲、十一歲、十四歲、十六歲到十八歲，等於從兒童到少年，進入青年期。從沒有過去到少許過去，到遊戲時期的過去，到背負沉重教科書的過去，到帶有無限恐懼的過去，到青年期的濃厚現在式，變遷的過去印證著人生的形跡。

耶誕節鄉村派對

# 坐著

我在一個沙發上坐著
像一只剝開的蚌蛤
在這有些雲的下午

我有事要做
但，迷然著
沒有做

美麗的事物是美麗的
甚至醜陋的事物
也可以發現一些美麗
就像存在的這兒

是奇幻的
我終止我自己的存在
我起身
喝一些水
水也是奇幻的

＊日常，看似沒有什麼，都有什麼。坐在沙發、閒著像做白日夢一樣，想像一些事物。美麗與醜陋中有或多或少的美麗，平常也可以是奇幻，存在不一定是有所行動，停止任何行動彷彿可以終止存在。日常中可以感受到奇幻，即使只是從沙發起身，喝一些水。

# 拒絕

山
不會拒絕
詩

雲
水
星星都不會

通常是
人們
拒絕

害怕

K7 XP2000+
華碩主机板(333)
256MB DDR RAM
40GB HDD
16xDVD
Geforce2 MX64MB
前置USB case. Power
刷卡 含稅
14700
16000
13000
刷卡 組裝 送府(台北縣.市) 不加價(含稅)(公司貨)
P4-2.4BGHz
P4-2.53GHz
選購
聯強17吋CRT
刷卡$3900含稅
聯強15吋液晶
對比 450:1
亮度 300cd/m
超薄型
19000

## 憎恨

以冗長的贅語

*人們拒絕詩，而詩人感慨。

這是詩人的抱怨，以山、雲、水、星星為例，說這些自然物不拒絕詩，意味的是它們就和詩一樣。自然風景裡蘊含著詩的元素。

人們拒絕詩，並且可以用冗長的贅語說明拒絕的理由。不只拒絕，也害怕，甚至憎恨。帶有幽默的抱怨，訴說著詩人對詩的深情。

## 襤褸

詩
在黎明之前
來到

穿著
骯髒的
語字

我沒有什麼
可以給它
我寧願

從破爛的衣裳

瞥見
它光裸之身
再
修飾
它的襤褸

*詩人在談論自己的詩觀。

詩從模糊的情緒、意念到逐漸形成，彷彿從夜晚到黎明的過程。初始，也許不那麼明確，彷彿穿著襤褸的人身，但過度修辭並不是詩，而是光裸之身。把握詩的光裸之身，詩人在完成一首詩時，並不是附加美麗的形容詞，而是呈現意義的光彩。

徐廷柱

# 新羅的抒情，人間的吟詠

接觸韓國詩，緣於許世旭譯介的《韓國詩選》（文星書店，1964）。許世旭是一位在臺灣師範大學國文研究所獲碩士學位後，繼續攻讀博士學位的中文學者，也是一位詩人。再翻閱這本詩選，定價二十五元，二百二十五頁，大約是現在書籍定價的十分之一。這本《韓國詩選》在我身邊已經四十多年，徐廷柱就是其中的一個名字，除外金素月、柳致環、李箱、盧天命、朴木月、具常，也從我年輕時期就印記在我腦海。

徐廷柱（1915～2000）的一首詩〈菊花〉，在許世旭的譯筆下流露著一種特殊的「新羅意味」，那是後來我讀到描述徐廷柱詩風的概念。「想來，為了一朵菊花的開放／早從春天，杜鵑花便那麼永夜地啼泣了吧」。不同於臺灣的詩，也不同於日本的詩，徐廷柱的筆下有韓國特有的哀愁感，似乎回應著他們歷史情境和地理國土。

二〇〇五年的台北國際書展，主題館是「韓國」，徐廷柱的名字也出現其中。他的一首詩就和其他十位韓國詩人的各一首詩，布置在主題館。從日治時期的朝鮮到二戰後獨立的韓國，跨越兩個國度的徐廷柱，作品有濃厚的新羅意味，那是韓國歷史上曾有過的一個王國的抒情風格，觸及自然，在自然的情境中流露人生的寂靜，像吹拂在花草之上的風聲，甚至在枝葉之間飄流的空氣。

不是悲壯性的詩人，不像韓國反映政治氛圍的金芝河、高銀，也不像李箱這樣的現代主義者，徐廷柱以他特有的觀照之眼和感應之心，將傳統與現代巧妙地配處、形塑著詩人的人間和自然構圖，似乎把熾熱的韓國現實社會的動盪、安置在語字的冷澈和沉靜之中。

一些世界詩選，常常選錄徐廷柱的作品，作為代表韓國的聲音。而在韓國譯介為他國語文的詩選，他的篇幅也常常是較多的，可見他的分量。作為韓國心境的觀照，徐廷柱的詩是現實冷卻後融入晨曦之光或日暮之光，甚至月光而呈顯的心影。以冷寂包容熾熱，在矛盾中調和，一種特殊的東方性明晰地顯現。

出版過《花蛇集》《徐廷柱詩選》《新羅抄》《冬空》《放浪人的詩》，流露特殊的自然觀與人間感覺，被視為獨特的存在，也是被韓國人喜愛的國民詩人。

**＊詩的禮物**（李敏勇譯詩）

# 無題

「松樹的花正開放著，」
一個友人在百里外的電話裡
說
「就想想香味吧？」

「我正
想著呢，」我
對自己說，面對
千年之距。
「你能想像
這香味嗎？」

*在相隔百里外，一個友人從電話裡傳達松樹的香味。百里之外的話語，千年之距的香味，對照的是詩人細膩的心思。一種無以名之的感懷，將空間之距轉換為時間之距，觸及到的是樹齡之久遠，隱隱約約傳達自然之深遠。淡淡的話語，在友人和自己之間。

# 假如我變成一顆石子

假如我
變成一顆石子
石頭會變成
睡蓮
睡蓮，
湖

而假如我變成
一面湖
湖會變成

睡蓮
睡蓮，
石子。

*石子、睡蓮、湖。石子，睡蓮，一重一輕，因我——觀照的介質，而產生質量的變化。石子原會沉入湖底，但睡蓮漂浮湖面。我的定力或感覺，變成睡蓮的石子因而也漂浮。

反逆的說法，我變成湖，湖變成睡蓮。相對於石子和睡蓮，我成為容物之器。靜觀、思考與想像的變化，具有禪意的思維。

你是一陣風
在那兒
激盪，
變成一面平靜的湖

山的峰頂
在我們之間撫慰般平息著
今天黎明接近，平靜地
變成一面湖……

在那湖裡
丘陵和山的影子
覆蓋我們，兩人……

咳！
咳！
牡丹花深沉
酡紅的
輕咳聲……

＊牡丹花在東方是具有貴氣的花。把牡丹比喻成一面平靜的湖，但綻開時只有風激盪的情境。而在開著牡丹花的山上，峰頂平息在我與牡丹花之間，或我與同伴之間，像在撫慰著。黎明時，山的峰頂因為雲霧，甚至像一面平靜的湖，山和人都被覆蓋在雲霧的影子裡，只聽見輕咳聲，甚至咯血一般，牡丹花的深沉在咳聲中。

## 噴嚏

在某個地方
有人
說著我的話語嗎？

我步出屋外
到觸動紙門的
秋日之風裡。
我呼吸著節氣，
並打噴嚏。

在某個地方
有人
說著我的話語嗎？

在某個地方
當有人說我的話語，
有一朵花在頭上並沿著他們經過

在我仰望時雲采分散——
閃耀的太陽黃澄澄的
照在山的背面，

足跡揚起
一段舊情的浪花。
有人
在某個地方
說著我的話語嗎？
就像有人說他們

頭上有一隻牛？
他沿著他們經過嗎？

*以一個噴嚏，延伸許多感觸。詩人不斷提到，是否某個地方，某個人說著和自己同樣的話語。孤獨的感覺，既顯示在字裡行間，一種懷想逝去的感情的思緒浪花，也在秋涼時節被足跡揚起。

頭上有一隻牛的比喻，是一種不可能，更感覺秋涼時節一個人的孤獨。

# 冬天的天空

以一千年夜晚之夢
我清洗了我心之所愛的
柔順眉額，
將之移植
到天堂裡。
一隻兇猛的鳥
知曉，並模仿以弧線
飛越仲冬的天空。

*冬天的天空景致，從一隻鳥以弧形之線飛越的情景，比喻自己以千年之夢的長久，把自己清洗之後移植到天堂的柔順眉額，等同於鳥飛翔的弧線，巧妙地在天地之間移入自己的感情和形影。

# 藍色日子

燦爛明亮的藍色日子——
知道尋覓那些我們所愛。

秋天花園裡的綠色
凋萎於秋天的顏彩；

雪飄落
讓春天回返。

而假使我死去而你活著呢？
或你死去？而我活著呢？
在燦爛明亮的藍色日子我們知道

尋覓那些我們所愛。

*在燦爛明亮的日子；要尋覓我們所愛。這麼開始，也這麼結束的詩行，意味著把握當下的美好、當下的人生。這是春天，不像秋天與冬天的凋萎和冷冽。而人生無常，相愛時就相愛。戀人是並肩的存在，只一人活著是殘缺的。

## 為弱勢孩子
## 點一盞學習的路燈

**——理事長 吳念真**

為了孩子藝術的第一哩路
我們走遍台灣各地鄉鎮
讓文化刺激沒有城鄉差距
之後我們承諾繼續創造歡笑
給全台灣的每一個孩子
但是 在巡演的過程中
我們驚覺
許多偏鄉弱勢的孩子
在下課之後
沒人關心他的學習和功課
漸漸的
他 跟不上老師的進度
孩子再也沒有學習的意願了
受教育變成痛苦的事情

讓我們來提供一個長期深耕的協助
點亮這些孩子未來的希望
讓孩子在放學後
有個溫暖的地方
等待他放學
陪伴他學習
分享他的喜怒哀樂

懇請您加入**「免費課輔——孩子的秘密基地」**專案，
讓孩子們在學習的道路上，有您陪伴，不再孤單。

中華民國快樂學習協會

# 社團法人中華民國快樂學習協會【孩子的秘密基地】
## 信用卡定期定額捐款單

請將此單填寫後傳真到（02）2356-8332，或是利用右方 QR Code 直接上網填寫資料。謝謝！

### 捐款人基本資料

捐款日期：＿＿＿＿年＿＿＿＿月＿＿＿＿日

捐款者姓名：

是否同意將捐款者姓名公佈在網站 □同意 □不同意（勾選不同意者將以善心人士公佈）

訊息得知來源：

□電視／廣播：＿＿＿＿＿＿＿＿ □報紙／雜誌：＿＿＿＿＿＿＿＿

□網站：＿＿＿＿＿＿＿＿ □親友介紹 □其他：＿＿＿＿＿＿＿＿

通訊地址：□□□－□□

電話（日）：＿＿－＿＿＿＿＿＿ 電話（夜）：＿＿－＿＿＿＿＿＿

行動電話：

電子信箱：

（請務必填寫可聯絡到您的電子信箱，以便我們確認及聯繫）

### 開立收據相關資料

因捐款收據可作抵稅之用，請您詳填以下資料，於確認捐款後，近期內將寄發收據給您。本資料保密，不做其他用途。

收據抬頭：

（捐款人姓名或欲開立之其他姓名、公司抬頭）

統一編號：

（捐款人為公司或法人單位者請填寫）

寄送地址：□ 同通訊地址 □□□－□□

（現居地址或便於收到捐款收據之地址）

### 信用卡捐款資料

**□ 孩子的秘密基地專案 每月 3,000 元 □ 陪伴專案 每月＿＿＿＿＿＿元**

捐款起訖時間：＿＿＿月＿＿＿年 到＿＿＿月＿＿＿年

★持 卡 人：＿＿＿＿＿＿ ★發卡銀行：＿＿＿＿＿＿ ★信用卡卡別：＿＿＿＿＿＿

★信用卡卡號：＿＿＿＿＿＿＿＿＿＿＿＿＿＿＿＿

★有 效 日 期：＿＿＿月＿＿＿年 ★持卡人簽名：＿＿＿＿＿＿＿＿（需與信用卡簽名同字樣）

★信用卡背面末三碼：

**社團法人中華民國快樂學習協會**

100 臺北市中正區重慶南路二段 59 號 5 樓 電話：（02）3322-2297 傳真：（02）2356-8332

官方網站：http://afterschool368.org E-mail：service@afterschool368.org

FB 粉絲專頁：https://www.facebook.com/afterschool368

# 愛琴海映照的生命頌歌和哀歌

黎佐

黎佐（Yannis Ritsos，1909～1990）是一位希臘詩人，一位命運坎坷，堅信「詩是一種活下去的方式」的詩人。他在詩裡說：「我信仰詩、愛、死亡」；也說：「我寫詩，我寫世界；我存在，世界存在。」

作為一個有良心的詩人，黎佐的人生裡受到希臘軍事強權政府的迫害，也在內戰中入獄。在監牢中，他仍秘密寫作，把詩藏在瓶子裡。因為來自世界的詩人、藝術家聶魯達、沙特、畢卡索的聲援，監禁改為流放在希臘的一個小島。一九七〇年代初，檢查制度取消後，作品才廣泛出版。

我首度接觸黎佐的詩，是許達然譯介的。短短的一首〈三行連句〉，令人愛不釋手，捧讀再三：「當他寫時不看海／他感到鉛筆在指尖顫抖／正是燈塔亮起時。」黃瑛子也譯介了黎佐的詩。

作為一個信仰馬克斯主義、關心社會的詩人，黎佐有許多政治、社會意識濃厚的詩。他的詩，既有這沉重的一面，也有受希臘民間歌謠中哀歌的影響而呈現的抒情風格，有一種憂鬱的氣氛。

三次獲諾貝爾文學獎提名的黎佐，和土耳其詩人納京．喜克曼（Nazim Hikmet，1920～1963），兩位分別是希臘、土耳其這兩個曾經對立、交戰國家的詩人，都在信奉馬克思主義的時代氛圍中，蒙受政治災難，交織著南歐的特殊詩風景。

若說，黎佐的政治與社會介入詩是詩的信物，他的一些特別具有抒情意味的詩，則是詩的禮物，來自愛琴海域的這位詩人，以抒情性介入社會性，讓詩歌既吟詠苦難，也感動人心。

像這樣的詩：「瓜地馬拉，尼加拉瓜，薩爾瓦多／那麼多身體要到哪？樹上，風睡了／一件破舊的灰色褲子。」描寫游擊隊在革命時，倥傯行走的形影，輕巧動人。

黎佐的早期詩歌，特別是一些短詩，以簡潔的行句點描著自然蘊含的人生風景，富有趣味。而這些自然又映照著希臘這個國家，映照愛琴海和其上的晴亮天空，甚至夜的黑暗。

**＊詩的禮物**（李敏勇譯詩）

# 頌歌

他正站在街道遠方彼端
像一株褪盡葉子的灰褐之樹
像一株被太陽炙燒之樹
頌讚著那不能被燃燒的太陽

＊以一株樹譬喻一個人的身影。這應是一個在運動的男人，或裸身的雕像。若以奧林匹克競技場去想像，更覺貼切，灰褐之樹、炙燒之樹，都是男人或雕像的身影。太陽發散光與熱，但它自己本身的光熱不能被燃燒。頌讚力與美的一首詩。

# 時間之歌

在酒器旁
在果盤旁
我們忘記唱歌。

在我們分離的夜晚
在夜晚之星的頌讚下
我們孤獨地歌唱。

*有酒器，有果盤，表示歡樂的情境。既盡情享用酒與水果，就無須再唱歌了，就忘卻唱歌了。

相對的情境是夜晚的星星微光下，分離的景況。歌唱是因為要分離的孤獨感。兩相對照，喜悅和哀愁交集互映。

# 一個小小的邀請

來這明亮的海濱——他對自己呢喃地說
看啊——這兒是多彩的慶典——
皇家封閉的馬車和使節從未
經過這裡。

來吧，它不會做你會被看見的事——
　他總是說
我是夜晚的逃亡者
我是黑暗的違逆者
而我的襯衫和袋子裝滿陽光。

來吧，它正燃燒著我的手和胸
來吧，讓我將之獻給你。

而且我也有一些事要告訴你
那甚至不是我必須聽取的。

*與自己對話，自己邀請自己到一處海濱來。這是孤獨的人尋求體會孤獨的方式。一處秘密的海濱，達官顯貴不知曉的地方。隱秘之地，自己從夜晚逃亡，也從黑暗違逆。在光亮的白日，感受自己擁有滿滿的陽光。在日曬中，手和胸像被燃燒。這是熱情，要獻給你——要告訴你一些話語，不是我必須聽取卻聽取的。

# 持續

太陽沒有考慮你的任何遲疑——
赤裸的它要你而赤裸的它也得到你，
一直到夜晚來臨為你著衣

在太陽之後，那是悔恨
在悔恨之後，太陽又到臨。

＊日復一日，夜復一夜；日繼以夜，夜繼以日。循環不息。不管人如何，太陽依照它的時序來到，你無法迴避、無法拒絕。夜晚，是另一種時光的面相，一切黯然下來，彷彿為人們，甚至為大地穿上衣裳。如果太陽代表希望、歡樂，夜暗是悔恨。但即使有悔恨，之後也很快就有希望、歡樂。

# 手

常常手就像臉
或像整個身體。這些手
在早春時顯得無精打采，
打噴嚏、咳嗽、抱怨、沉默不語，
像兩個老頭坐在他們的板凳、解開衣釦，
在太陽下露呈他們凋萎的性器。

相反的，一個女人哺育她的嬰兒。
她的手，在靜止無移動中，是
寬闊大理石競技場中兩個赤裸的跑者。

*男人的手，女人的手。手可以觀照到人的形影，就像臉，手也有表情。以女人哺育嬰兒母乳的情景，描繪她的雙手，即使靜止不動，仍然像競技場中的跑者，充滿生命力。而男人的手，或自己的手，卻是了無生氣的老頭子的性徵。

# 花環

你的臉藏匿在樹葉間。
我砍除樹葉以接近你。
當我砍除最後的樹葉，你走了，然而
用砍除的樹葉我編織一個花環，我
沒有可以獻予的人，我把它掛在自己前額。

＊為了接近藏匿在樹葉間的對象，砍除樹葉，以便接近那想要追求的人。但是，砍除完樹葉，那藏匿在樹葉之中的對象也不見了。把砍除的樹葉編成花環，掛在自己前額。手段和目的之間存在著矛盾，人常常在這樣的矛盾中。

# 向日葵

荒廢的花園裡碩大的向日葵花。
成千的日午之臉是黃色的。
黃色的燃燒，夏日的黃色空無，
燃燒的石頭，玉米田，身體。詩歌
被這光澤罩蓋，尋找一些陰影，
創造一個陰影，變成更多發光體。

＊一大片向日葵花在廢棄的花園裡，黃色的花容映照太陽花。在夏日的陽光下，石頭是熱的，玉米田、身體，也是熱的。明亮的光澤罩蓋著陰影裡的詩歌。既要尋找，也要創造。在陰影中琢磨的詩歌會成為發光體，是意義的發光體。

# 中心

海、太陽、樹，一再的
樹、太陽、海，
注意
在倒置的重複中
太陽都在中心
就像在身體中心的官能的快樂

＊世界在太陽下生生不息。地球環繞著太陽運轉，不論從海看到樹，或反過來從樹看到海，太陽都在中心。倒置的重複是說太陽在上方，在相對於地球的上方。在地球的重複運轉中。以男與女的相互關係，意味官能的快樂。

# 變調的顏色

山是紅的，海是綠的
天空是黃的，地球是藍的。

在一隻鳥和一片樹葉之間
棲息著死亡。

*山、海、天空、地球，各有其象徵性本色。但變調的顏色並不如此，變調是不正常的徵兆。鳥和樹葉應該象徵生命，但在變調的顏色中，隱然看到死亡的意味。

## 抒情詩

水流動，溢濕田野，流動，照耀，
藍色的海，綠色的樹，綠色
紅屋頂，白雲，無陰影。
而那些煙呢？告訴我
夢會有什麼顏色，什麼是
女人的腳步在有鳥的清晨
踏在濕潤之草的顏色？當鐘的影子
一半在你手掌，另一片在貝殼裡。

＊水、田野、海、樹、屋頂、白雲，在沒有陰影的晴朗天氣，一切那麼亮麗，洋溢著綠色的生命情境。煙呢？是夢嗎？夢會有什麼顏色？有鳥的清晨，女人的腳步踏在濕潤的青草，那是什麼顏色？

鐘的影子在手掌，也在貝殼裡，教堂的氛圍和海的氛圍，洋溢著溫馨氣息。

# 一日之盡

一日之盡的上空只有這顆星留著，
像一個綁著繩結的麻袋
在遠處，柔軟，不確定容積。袋子裡
或許有什麼？你又能摘取什麼？你
必須以牙齒或手指切斷繩結。你的
十個手指變成銀，幾乎變成金了。
這麼，然後，就會在袋子裡嗎？

＊日落後，黑暗籠罩，天上有一顆星。彷彿是白日的時候留下來了的，像一個綁著繩結的袋子。想像那星的袋子裡有些什麼？金或銀嗎？要摘取在天上的星，必須切斷繩結，以牙齒或手指。這是夜暗之際的想像，以想像去為現實補綴破滅。

字母圖騰

賀洛布

# 詩與病理學的雙翼

捷克詩人賀洛布（Miroslav Holub，1923～1998）是一位醫生、免疫學專家、病理學教授。在布拉格這個曾被米蘭．昆德拉喻為「一首即將消失的詩」的城市，他是一位詩人，一位重要的、享有名聲的詩人。

在二戰後，捷克從納粹德國的控制下，轉而成為蘇聯共產體制的國家。「布拉格之春」是隨之引發的抵抗華沙組織的坦克入侵但失敗的市民運動，也是米蘭．昆德拉小說《生命中不能承受之輕》拍成電影的中文片名。流亡、出走的昆德拉在他的〈布拉格：一首即將消失的詩〉結尾說：「我要昭告世界：在布拉格，非但人權、民主和正義不再存在，而且，一個偉大的文化現在正像一頁被焚燒的紙上一首即將消失的詩。」

一九六八年正當二戰後革命的世代巔峰期，布拉格之春，正是全球學生運動之火的延燒。從法國巴黎、義大利羅馬、德國柏林、日本東京，到美國的柏克萊、加州等大學，以反越戰相互輝映。那個年代也是我踏上詩人之路的時際，在臺灣的被封閉視野裡，大學青年以留著長髮的形貌進行著柔弱的反叛。

因為一本企鵝版的捷克詩選，讓我接觸到塞佛特（J. Seifert，1901～1986），他在一九八四年得諾貝爾獎；接著是巴茲謝克（A. Bartusek，1921～1974），我在一九七一年譯介了他的三十多首詩，在二〇〇八年以《沉默抵抗》（春暉）之名出版。賀洛布是另一個詩選裡的名字，我真正探討他，是進入二十一世紀的事，連續寫了〈詩的證據——捷克詩人賀洛布探觸的視野〉和〈病理學的詩視野〉兩篇文章，收錄在《詩的異國心靈之旅》（聯合文學）。

詩之於文學，就像數學之於科學。對照賀洛布的詩與病理學雙翼，更是饒富趣味。他的詩人之眼，像是病理學家透過顯微鏡探觸生命形跡之眼，也是探觸社會形影之眼。

詩人應如何見證時代，留下比歷史更真實的聲音和圖像？我常在塞佛特的詩裡思索，也在巴茲謝克的詩裡思索，更在賀洛布的詩裡思索，並想像其他國度的詩人會怎樣看我們這個國度的詩人。我們的時代見證，存在於詩裡，可以探觸到的顯像和隱像，呈現什麼痕跡呢？

布拉格，在我的一篇隨筆裡，成為〈一首重新出現的詩〉，那是因為一九八八年的絲絨革命，捷克改變了共產體制而自由化。不只捷克，東歐各共產體制國家都在變革中進入新的時代。

賀洛布的詩，以一種冷靜的目光，探觸歷史與現實，追尋著善美與真實，他的詩不像一般文藝腔，顯示著科學的準確。人文與科學在他的詩裡並置而且平衡存在。

**＊詩的禮物**（李敏勇譯詩）

・病理學

・幫助的手

・顯微鏡中

・一種死語的教科書

・真實

・童話

・村莊之綠

# 病理學

貴族的胸靜止在這兒
乞丐們的舌頭，
一般人的肺，
告密者的眼睛，
殉難者的皮膚，

在顯微鏡裡
一覽無遺。

我翻閱薄如舊約聖經紙頁的肝臟切片
在腦的白色紀念碑我閱讀
腐爛的
象形文字

看啊，基督徒們，
天堂、地獄、和樂園
就在瓶子裡。
而且沒有哭叫，
甚至沒有一個信號。
瘖啞就是歷史
勉強地
穿經微血管。

平等的瘖啞，友愛的瘖啞。

脫離誓死保衛的各種三色旗
我們日復一日
拉扯
智慧的細微線光。

＊在顯微鏡裡，死去的人們，不分階級、不分宗教信仰，甚至不分人品、不分國家，在瘖啞狀態下，是平等的、友愛的。

活著的時候，有各式各樣的差別形貌，但死去之後，一切歸於平靜。在病理學家的觀照下，芸芸眾生，不過如此。

# 幫助的手

我們對草伸出幫助的手——
　那麼它會長成麥子。
我們對火伸出幫助的手——
　那麼它發展出火箭。
猶疑地，
小心翼翼地，
我們伸出幫助的手
對人們，
對一些人們……

*糧食和武器，麥子和火箭，都是人的手，幫助的手造成的，但差別效益是那樣的不同。伸出幫助的手，要慎重。對人們伸出幫助的手也一樣，人間善惡，助善為善，助惡為惡。

## 顯微鏡中

這太像夢中風景了，
月暈般，遺棄之物。
這太像芸芸眾生了，
土壤的耕耘者們。
也像細胞群、兵士們
在他們的生活中躺下來
為一首詩。

這也太像墓地了
名聲和雪。
而我聽見呢喃之聲，
廣大土地的反抗。

***顯微鏡中的觀點，病理學家的視野。**

在顯微鏡中，一個真實世界的夢中風景，人們的形象在其中顯示出來。耕耘的農民或作戰的兵士們，在像墓地一樣的顯微鏡中，一切都不復真正存在。然而，細心的病理學家以詩人之眼，在觀照中聽見廣大土地反抗的呢喃之聲。

# 一種死語的教科書

這是個男孩。
這是個女孩。

男孩有一隻狗。
女孩有一隻貓。

狗什麼顏色？
貓什麼顏色？

男孩和女孩
正在玩球。

球在哪兒滾動？

男孩被埋葬在哪兒？
女孩被埋葬在哪兒？

閱讀
並翻譯為
每一種靜默和每一種語言！

書寫下
你自己在哪兒
被埋葬！

*教科書，特別是語文教科書，常常反映統治體制的宰制意味或意識型態牢結，千篇一律的敘事和描繪，你只能從那種死語中脫離出來。

在脫離後，真實出現了，那不是生，而是死。閱讀，要真實地翻譯解讀，才能發現生活的真實。在不自由的時代，充塞著死語的教科書，模型化行句、定型化思考。必須轉換，才有真實。

## 真實

他離開，千真萬確，門自己
在他敲打標誌時
被撞壞了。
我們兩個坐一會兒
文件裡的肖像
盯著我們
像綠色大頭甲蟲
從傍晚的隙縫出來。
書本打開
它的書背，
平衡的重量就只為了它的歡喜
而睡著的神祇項鍊的
玻璃珠子

在天平
　一起低語。
「你曾經正確嗎？」我們其中
一個人問。
「我不曾。」
然後我們指望。
太遲了
而外邊煙硝的，冷寂和高貴
市鎮，攀升星群。

*在不自由的國度，人們的處境是困厄的，現實裡存在著門禁與監視。我們是被監禁的人，有標誌也有肖像，那是盯著我們的他——像綠色大頭甲蟲，從傍晚，在入夜後會從隙縫中出來。在書本裡，有平衡的重量，有睡著的神祇在天平——這常常是律法、正義的象

顯影菱格紋

徵——低語、只是低語。

常常是太遲了。破滅的是無法實現指望，因為市鎮在燃燒，在戰火中燃燒，煙硝升上黑夜有星群的天空。

# 童話

他為他自己建造一棟房子，
他的根基，
他的石頭，
他的牆，
他的屋頂上方。
他的煙囪和煙，
他從窗口的視野。

他為自己建造一座花園，
他的籬笆，
他的百里香，
他的蚯蚓，
他的夜露。

他在上方切割一小塊天空，
而且他把花園包捆在天空
並把房子包捆在花園
且在一條手帕中包裝更多東西

然後離開
孤單地像北極之狐
穿經冷冽
無止無盡的
雨
進入世界之中。

**＊童話不盡是甜美的。**

為自己建造一棟房子，建造一座花園，並且把花園包捆在天空，把房子包捆在花園，把更多東西包裝在手帕中。一種極盡自我封閉和孤立，然後像北極之狐在冷冽和雨水中走進世界之中。際遇和情境意味的是在現實世界遁走，逃脫的想像和追尋。然而，畢竟是童話，在現實中不可能的想像和追尋。

# 村莊之綠

我們的英雄紀念碑
已經粉碎在石礫裡：
在上次戰爭的最後一次偶然。

在那兒上方
天空療癒著傷痕，
鬼魂的聲音嘹亮呼喚
傷痕斑斑草地的復活。

但地底下一隻老鼠
對另一隻說，
關於出生的事，
不要在這兒，到一個更遠的地方！

*在希望破滅的國度，復活和再生是一件不被期待的事。經歷過戰事，連英雄紀念碑也已被摧毀。儘管上方的天空在自我療癒，儘管鬼魂呼喚草地復活，但憧憬是不存在的。連老鼠也說：如果要出生，也要到別的地方，到更遠的地方。多麼諷刺，多麼絕望，但又多麼強烈的批評。

裴外

# 在微笑中掉下眼淚

第一次讀到裴外（Jacques Prevert，1900～1977）的詩，是一九七一年。旅居美國的詩人非馬的譯介，曾經那麼感動我，並且讓我三十年後在舊金山的「城市之光」書店（CITY LIGHTS BOOKS），記得購買英譯的裴外詩集《話語》（*Paroles*）——這是美國詩人費苓格蒂（Lawrence Ferlinghetti，1919～）的譯本。

英譯者說他頭一次接觸裴外的詩，是一九四四年，在法國一家餐廳的紙巾上，繼而想使這樣的詩在英國與美國風行。這些詩，絕對不同於一些學者和批評家熱衷於論述的那一類，但都是真正會感動人、會被喜歡閱讀的詩。不只因為口語化，更因為真摯的探觸。

我讀了費苓格蒂的裴外譯本，又多一層感受。有一回，從朋友處得到一份禮物，是法國演員尤蒙頓朗讀和吟唱的裴外詩，其中印象最深刻的就是本輯裡的〈芭芭拉〉，一個女孩的名字、一個戰爭中的故事。

裴外曾經被一位法國批評家說是「唯一真正的詩人，知道如何打破一些專業化了的大眾的界限。」他的詩，就像談話，交織著現實經驗與想像力，諷喻和笑靨，為二戰時期被納粹德國占領下的法國，留下一些動人的詩的見證。

香港作家蓬草，譯介過裴外的童話故事，也極為生動有趣。而據說，在法國，一些私立學校用「裴外」為校名，尋求建構一種孩童學習環境，開拓教育發展視野。多才多藝的裴外，也拍攝紀錄片、電影。

想想看，詩被印在紙巾，在餐廳和咖啡館可以接觸到。詩不是用來被研究，而是被閱讀。詩不是學術而是生活。多麼引人遐想！這不就是禮物嗎？詩的禮物。

反權威，反獨裁。在二戰時期，經歷納粹占領法國的裴外，在那一個講求自由、民主、人權的國度，以他的詩維護著人性不被拘束、不被壓迫的存在條件。即使現實上不自由、無民主、反人權，但詩人的話語裡不斷彰顯的，不就是在抵抗中的追尋嗎？

閱讀裴外的詩，是一種有趣、甜美的經驗：會在淚眼中微笑，在微笑中掉下眼淚。一個不服從威權、體制的詩人，以詩描述著自由、民主、人權的人性之光。完完全全地觸探人性的真實，揭穿任何假面和虛妄。

**＊詩的禮物**（李敏勇譯詩）

# 蠢孩子

他以他的頭說不
他以他的心說是
他對他的愛說是
他對老師說不
他站著
他被考問
所有的問題都提列出來
突然的大笑攫住他
而他擦拭一切
文字和圖形
人名和日期
句子和陷阱
且不顧老師的恐嚇

在小資優生的嘲弄中
以每種色彩的粉筆
在不幸的黑板上
畫了快樂的笑臉

＊相對於資優生，一個蠢孩子在學校裡是受鄙視的，不只老師，甚至同學，都不給好臉色。優勝劣敗的競逐，從學校一直延伸到社會。

這首詩，以遲鈍孩子為視點，站在這樣孩子的立場說話。從應對反映裡，可以看出他向誰，向什麼說不；又向誰，向什麼說是。

資優生被誇耀，但蠢孩子受盡異樣眼光。一種特別的對應出現了；這蠢孩子在老師的恐嚇，小資優生的嘲弄中，一反尋常地為自己說話。他擦拭一切，在黑板上畫了快樂的笑臉。

這時候，老師和小資優生們，可能反倒被攫住了。

# 我是我

我就是我
我就是這個樣子
當我想笑
我便笑出來
我愛那愛我的人
那是否我的錯
假如我每回愛的
不是同一個
我就是我
我就是這個樣子
你想要怎樣
你還要我怎樣
我生來是為了快樂

而且不能改變
我的腳跟太高
我的背太彎
我的胸部太硬
而我的眼太圓
這又
干你什麼
我就是我
我對喜歡的人喜歡
干你什麼
又怎麼了
是的我愛人
是的有人愛我
就像孩子們彼此相愛
單單純純知道去愛

愛愛……

為何問我

我在這兒取悅你

而那無法改變。

*率直的本我，率真的個性，堅持做自己。在本我、個性喪失的社會，這首詩讓人感受到的是一種真實。

我不會為外界的看法改變自己，想笑就笑，以愛回應愛，甚至每回愛的不是同一個人。不以自己的身材為意，喜歡誰就喜歡，不管他人異樣的眼光。

回歸到孩子的純真，單純地相愛，知道愛。太虛矯、太功利的社會，太壓抑、太隱藏自己的社會，要坦然表達自己。

# 早餐

他倒咖啡
入杯子裡
他放牛奶
進咖啡杯裡
他放糖
到拿鐵裡
他用咖啡匙
攪拌
他喝拿鐵
然後他放下杯子
對我一句話也沒說
他點燃
一根香菸

他用菸
吐煙圈
他把菸灰
放進菸灰缸裡
對我一句話也沒說
對我一眼也不看
他站起來
他把帽子
戴在頭上
他穿上雨衣
因為下雨了
他離去
在雨中
不說一句話
不看我一眼
而我　我把

手抱在頭上
並且哭了起來。

*詩的故事場景是一般中產階級上班族的家庭。他是不說一句話的丈夫；敘述者是有委屈感的妻子。

從倒咖啡、放牛奶、加糖，成為一杯拿鐵（Café au lait）——在法國的牛奶咖啡，以迄攪拌、啜飲，放下杯子。這一段行動過程，丈夫對妻子無話可說。

然後呢？丈夫點菸、抽菸、吐煙圈、彈熄菸灰，也一樣，甚至看也不看妻子一眼。在雨中，丈夫離家、出門，也一樣。

做為妻子的敘述者，抱頭哭了。不是愛的早餐，不是第凡內早餐，是冷漠無情的家庭生活素描。

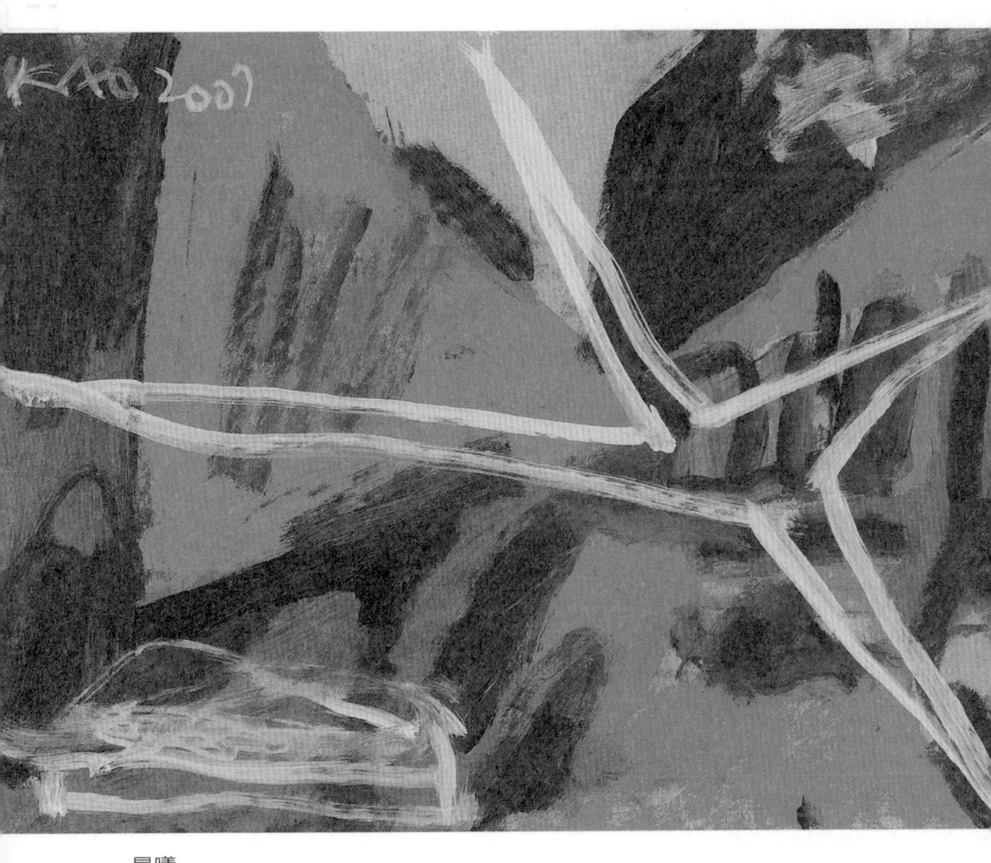


晨曦

# 美術學校

從一個編籃裡
父親揀起一個小小紙球
並把它丟
進缽子裡
在他被迷住的孩子們面前
湧起
多彩多姿
碩大的日本花
瞬間綻放的睡蓮
而孩子們讚嘆得
說不出話來
在他們往後的記憶裡
這朵花絕不會凋謝

這突現的花
為了他們
瞬間
在他們面前。

＊孩子們有童稚之心，會被簡單、鮮明的事物感動。以父親從編籃裡揀起小小紙球，丟進鉢子裡，湧起碩大的日本花——也許這暗示莫內一些日本庭園的畫作，特別是睡蓮。

從西方看東方，從法國巴黎觀照日本，浮世繪影響了一些印象派畫作的光影，轉化在〈美術學校〉這首詩裡，成為一種藝術趣味。

孩子從父親的動作中，從湧現的睡蓮，讚嘆得說不出話來。瞬間印象成為不會消失的記憶。孩子們生活中的學習，來自並非刻意的一些經驗。

# 自由區

我把帽子放在籠子裡
而且頭上頂著鳥走出去
這樣
無須行禮
司令官問
不
無須行禮
鳥回答
呵好
抱歉我認為要行禮
司令官說
你全然沒罪每個人都會犯錯
鳥說。

*二戰時期，納粹德國占領法國。二戰結束，才從納粹德國占領中解放，獲得自由。自由區，也就是解放區。被占領時的法國，有地下反抗軍，許多詩人參與了反抗運動，並發展出反抗文學、反抗詩。

自由、解放，鳥在籠子裡的比喻現在成了「帽子放在籠子裡」，而鳥頂在頭上的幽默意味。從前，看到占領區的司令官要行禮。現在呢？無須行禮。

不是以人和司令官對話，而是以鳥和司令官對話。鳥甚至會向司令官說你全然無罪這樣的話。用幽默，帶有諷刺的意味，處理自由、解放的問題。

# 芭芭拉

記得嗎芭芭拉
那天在布列斯特雨下了一整天
而妳在雨中
微笑著漫步
因水濕與奮狂喜
記得嗎芭芭拉
那天在布列斯特雨下了一整天
而我在暹羅街撞見妳
妳微笑著
我也微笑
記得嗎芭芭拉
妳是我不認識的人
妳是不認識我的人

記得嗎
仍然要記得那一天
不要忘掉
一個男人在雨庇下躲雨
他叫妳的名字
芭芭拉
而妳在雨中奔向他
狂喜因水濕與奮
並投入他的懷抱
記得嗎芭芭拉
不要生氣如果我說得太親密
我對每個我愛上的人親密說話
即使我只見過她們一面
我親密地對每個戀愛中的人說話
即使我不認識她們
記得嗎芭芭拉

不要忘掉

那美好而快樂的雨
在妳快樂的臉上
在那快樂的城鎮
那雨落在海上
下在兵工廠上
下在烏蘇罕船上
呵芭芭拉
呵芭芭拉
多麼屎臭愚蠢的戰爭
現在妳變得怎麼樣了
在這火與鋼與血的
彈雨裡
而抱妳在他胸懷的那人呢
那多情的他
死了或走了或仍然活著

呵芭芭拉
今天在布列斯特雨下了一整天
像從前一樣下著雨
但那再也不一樣了
一切都被破壞了
那是可怕而淒涼且哀悼的雨
它不再是鐵與鋼與血的
一場風暴
只是一些雲
像狗群一般死去
那在傾盆大雨的布列斯特
消失的狗群
浮得遠遠地
去腐爛
離開已空無一物的布列斯特
遠遠地遠遠地

*1布列斯特（Brest），法國西部海港。

*2烏蘇罕（Ushant），法國西部小島，二戰時經歷海戰砲火。

*芭芭拉，一個女孩的名字。互相不認識，但在相遇的印象，交織在一個海港，在雨中看見這個女孩和她戀愛中的男人互擁的記憶。因聽見他叫喚她芭芭拉，這首詩也以叫喚芭芭拉展開情境敘述。

自然的雨，槍林彈雨，戰爭中相愛的人會如何呢？再回到這個海港，芭芭拉還在嗎？而那叫喚芭芭拉的男人還在嗎？抑或死了或走了？仍然下著雨，但再也不一樣了。

戰爭破壞了一切，那在記憶中留下來的陌生女孩的戀情，不認識卻彷彿那麼熟悉的那個女孩，貫穿著一場戰爭，美麗的記憶對照著已經改變了的現實風景。

羅卡

# 安達魯西亞之歌

羅卡（Federico Garcia Lorca，1898～1936），是一位極具傳奇性的西班牙詩人，一位傑出的劇作家，一位多才多藝的藝術家。他對西班牙民間歌謠的發揚具有貢獻，既有正義感，能夠與人民站在一起，又有童話性，把西班牙安達魯西亞的傳統風采和吉卜賽風味揉和在一起，形成特殊的詩意風格。

死於西班牙獨裁者佛朗哥的動亂勢力，以三十八歲的年紀被殺害的羅卡，成為西班牙、甚至世界的反法西斯戰士。對照生前，他在北美洲的美國紐約，南美洲的古巴、阿根廷、烏拉圭、巴西的遊歷，他對人民革命的熱情，以及顯現在詩歌和戲劇的童心，甜美、抒情，反映了他對於美好事物的憧憬。

有「現代吟遊詩人」之稱的羅卡，第一部作品《印象與風光》就是對自己國度景色的寫照，是一本散文集，詩集《詩之書》《深沉之歌》《歌謠集》《吉卜賽歌謠集》《詩人在紐約》《深沉之愛十四行詩集》等。他的許多膾炙人口詩篇描繪了西班牙風景，也吟詠了西班牙人民的心境。不但是西班牙人視為心聲的代言人，也成為世界不同國度的人們觀照西班牙的詩之鏡與窗。

在許多國家的書店，羅卡的作品是書架上常看到的詩集。不同的國家和語系，不同的譯本，可以想見他被重視和喜愛的狀況。他的詩流露一種平易近人的特色，常常被收錄在兒童、青少年的詩選本。

讀羅卡充滿歌謠風情的詩，想像在安達魯西亞的原野，在遍植著橄欖樹或柑橘的田園，一位西班牙詩人以語言和想像力馳騁的姿勢和形影。

我把羅卡的一些詩視為禮物，一些詩當做信物。前者的輕盈，後者的沉重，都在我的心裡留下印記。但在給孩子們，或給想要從詩裡尋求甜美、抒情的人們，我會選擇輕盈這一部分的詩篇。

我的譯讀筆記裡，留著許多羅卡的詩，是我給自己的孩子的禮物，經由這些禮物，可以想像異國的詩風景。

在那遙遠的地方，彷彿吉卜賽人的歌謠聲在羅卡的詩行裡吟唱。夜晚，從天空的星星看到夢想的投影，照在地面的池塘那又是另一種情境。詩人就像一個騎士，巡梭著有橄欖樹的風景，探觸著人們的心。

**＊詩的禮物**（李敏勇譯詩）

・在天空的一角

・一顆星

・大熊星

・水，你往哪兒去

・塞維爾小歌謠

・騎士之歌

・黃色歌謠

# 在天空的一角

老的
星星
閉上她朦朧的眼睛。

新的
星星
想描繪夜的
蔚藍。
（山上的縱樹林裡：
螢火蟲紛飛）

*天空有星星，有時多有時少，因為雲層常常遮蔽了星光。但在想像中，星星也像人一樣，有老有年輕，有舊有新。暗淡的星星，像老人，眼睛閉上了；而光亮的星星，是新的星星，亮光是為了描繪夜晚的蔚藍景致。對照著夜空的景象，螢火蟲在山上縱樹林裡紛飛的情景，似乎也像另一種星星。

## 一顆星

有一顆寧靜的星
一顆沒有眼瞼的星。
——在哪兒呢？
——一顆星……
在沉睡的水裡
在池塘中。

*在池塘中，在沉睡的水裡，一顆星，一顆看不見的星。原本看不見，原本沒有的事象，但在詩人的視野，有一顆沒有眼瞼，因而不能張開眼睛，因而沒有亮光，因而寧靜的星。這樣的一顆星，是詩人心目中沉默的存在。

# 大熊星

熊媽媽
讓星星騎在她肚子
吃奶：
咕嚕咕嚕叫
咕嚕咕嚕叫
跑開，星星寶寶，
溫柔的小星星。

*大熊星座，有大熊星和許多小星星。以大熊星為媽媽，其他小星星為孩子，星星孩子騎在星星媽媽的肚子吃奶。這樣人間想像成為詩人的夜空想像，豐富了星空的故事。詩人甚至聽見小星星的聲音。

# 水，你往哪兒去

水，你往哪兒去？

我正要流入河裡，潺潺地
流到海岸去

海洋，你往哪兒去？

往河的上游我要去尋找
我能停息的發源地。

白楊木，你呢？你要做什麼？

我不要告訴你……

沒事，我也沒恐懼！

我要做什麼，我不要什麼？
在河之岸在海之濱。

（四隻沒有方向的鳥
在高高的白楊木上空。）

＊水從河流向海，但海呢？海綿延在地球的海域，匯集了河流的水，並不能流過發源的山脈。但詩人賦予海想像的動向，一種未必能夠實現的夢。

詩人問白楊木，植根的樹安穩地站著。在河岸也在海濱的白楊木，要做什麼？不要什麼？都是它自己的事，沒事，也沒有恐懼！白楊木上空，四隻鳥漫無目的地飛翔。自然的風景，流露自然的情趣。

## 塞維爾小歌謠

太陽已升起，
照在橘園裡。
小小金蜜蜂，
正在尋花蜜。

花蜜花蜜……
在哪裡？

伊莎貝爾，
花蜜在藍色花叢裡。
花蜜在迷迭香的
花朵裡。

（小小黃金椅
是給摩爾人
華麗裝飾椅
是給他的妻。）

太陽已升起，
照在橘園裡。）

*塞維爾是西班牙第四大城，是一個內陸港市，塞維爾省省會。位於西班牙南部安達魯西亞地區，臨瓜達爾基維爾河。詩中提及的摩爾人是中世紀曾入侵西班牙，並留下文化影響的非洲西北部信仰伊斯蘭教的人種。

以橘園、蜜蜂，花蜜、女孩名字伊莎貝爾、迷迭香，貫穿的小歌謠，襯托摩爾人文化意象的黃金椅，散發著西班牙歌謠，文化況味。

哥多華。
遙遠……又孤單

黑色牝馬，大大月亮，
橄欖油在我馬鞍的袋子。
雖然我或許知道路
我也到不了哥多華。

穿越平原，穿越風，
黑色牝馬，紅紅月亮。
從哥多華的塔樓
死神注視著我。

啊路程多麼遙遠！
啊我勇敢的牝馬！
啊我還沒有到達哥多華之前
死神早已等著我！

哥多華。
遙遠……又孤單。

*哥多華（Crdoba），西班牙南部安達魯西亞地區的一個省份，省會同名，有許多寺院、教堂。

以騎士朝向哥多華的旅程，描述遙遠的路以及隱藏的風險。哥多華塔樓象徵目標地的神秘，相對於路程中騎著黑色牝馬，看到大大或紅紅月亮，顯得遙不可及。

遙遠又孤單的騎士行程，流落在歌謠裡，充滿了浪漫情調。

# 黃色歌謠

高高的山頂上
是一株綠色小樹。

牧羊人來了，
牧羊人走了。

沉睡的橄欖林
覆蓋著火熱的平原。

牧羊人來了，
牧羊人走了。

你沒有白羊也沒有狗

沒有麵包也沒有愛。

牧羊人來了。

像黃金的影子
你溶解在小麥田裡。

牧羊人走了。

＊夕陽照著田野，人溶解在小麥田裡，像黃金的影子。橄欖樹遍植的平原，豔陽高照時的火熱在沉睡的樹蔭下。有牧羊人，來了，又走了。有孤獨的人的形影，沒有羊群，也沒有幫助牧羊的狗，沒有麵包，也沒有愛。

相對於山頂上綠色的小樹，孤獨的人的形影，夕陽西下時，消失在小麥田。簡單的歌謠，孤獨的身影。

蘭斯頓・休斯

# 憂鬱的藍調，自由的心靈！

黑人詩歌在美國，與一九二〇年代美國的黑人文藝復興的腳步一樣，顯露藝術的光芒，頗有與愛爾蘭文藝復興運動相互輝映的氣勢，傑出的代表人物也是詩人。

政治色彩和社會意義對於這樣的運動目標具有指涉性，但詩歌是通過藝術的意志和感情的流露與渲泄，反映了追求自我解放的心聲。蘭斯頓．休斯（Langston Hughes，1902～1967）以四十多年的創作生涯，十七部詩集加上長短篇小說集、劇本、兒童讀物，以及其他類型作品，甚至翻譯、選集編輯，成為最具代表性的靈魂人物。

休斯不只是美國黑人詩歌的代表性詩人，在美國詩的系譜裡，他受到的歡迎程度，與朗費羅（H.W. Longfellow，1807～1882）、惠特曼（W. Whitman，1819～1891）、狄瑾蓀（E. Dickinson，1830～1886）、佛洛斯特（R. Frost，1874～1963），可以相比。

將藍調音樂和爵士樂的特點體現在詩的語言調性中，休斯從早期描寫下層黑人生活到追求種族的復權，進而表現民族信心、自尊心，甚至在美國夢的民主理想裡吟詠，使他不只是黑人的代言人，也是美國的代言人。

因為對寫作的志向，休斯不聽從父親希望他學習工商的一技之長。小時候就獨立生活，當過送報生，在船上的餐廳當過服務生，經歷過在非洲、拉丁美洲和歐洲的闖蕩生活，豐富了創作經驗。他的第一本詩集《疲憊的布魯斯》（*The Weary Blues*）為他取得林肯大學的獎學金，重拾在哥倫比亞大學中輟的大學學業。

簡單、易懂，揉和黑人音樂特性的蘭斯頓．休斯詩歌，洋溢著黑人的美國夢，充滿著對於自由與民主的憧憬。讀他的〈自由之犁〉——是一首長詩，片片斷斷都是動人的心聲：

有些手是自由的手
追求著更大的自由，
有些手是被束縛的手
希冀找到他們的自由，
有些手是奴隸的手
守護著他們心中自由的種子。
但連字詞經常是：
**自由**。

讀蘭斯頓・休斯的詩，想像他從一九二〇年代到一九六〇年代持續不輟的寫作生涯。他的詩不只是黑人的詩，不只是美國夢，也是所有懷有自由之夢的人會喜愛的詩。

**＊詩的禮物**（李敏勇譯詩）

・我的人民
・天使之翼
・希望
・長途旅行
・天堂
・蝸牛
・荒野
・在美國的流亡者
・非洲

# 我的人民

夜是美麗的，
我的人民面孔也一樣美麗。

星星是美麗的，
我的人民和眼睛也一樣美麗。

太陽，也，是美麗的。
我的人民的靈魂，也，是美麗的。

*黑色和夜色一樣，歌詠夜的美麗就是歌詠黑色的美麗。黑人運動中，最動人的口號：黑就是美，表現一種自信的自尊。以星星比喻黑人的眼睛，再自然不過了。人民的靈魂像太陽，熱情溫暖的太陽，就在夜的裡面，靈魂在身體裡面。

# 天使之翼

天使之翼白如雪。
喔，白如雪，
白
如
雪。
天使之翼白如雪，
但我在髒亂的泥濘裡
伺候母親服藥。
喔，我一直在火中
伺候母親服藥。
然而天使之翼白如雪。
白
如
雪。

*天使，在黑人心目中的白色，如雪一樣的白色，相對著伺候母親服藥的泥濘環境一片火熱情境，顯示某種背離的景況。但儘管如此，仍然說天使之翼白如雪，想像一種美好，追尋一種美好，或在對照現實中的差異性。

## 希望

有時當我孤單時
不知道為什麼，
一直想著將來
我不會孤單。

*在孤單時，努力想著將來不會孤單。這就是希望而不是絕望。短短的四行詩，表達不想孤單的心願。

# 長途旅行

海是波濤洶湧的
水的荒野。
我們沉沉潛潛，
浮升、滾動，
藏匿也被藏匿
在海上。
　日，夜，
　夜，日，
海是波濤洶湧的
水的荒野。

*乘船旅行的經驗，船在洶湧的海浪中，彷彿在沉潛和浮升中。在滾動中，藏匿了海或被海藏匿。像荒野一樣的水域，長途旅行的航海經驗。

# 天堂

天堂是
遍布
快樂的
地方。
動物和
鳥禽歌唱——
在牠們
做每一件事時。

對每一顆石頭說
「你好嗎？」
石頭也回應
「好啊！你呢？」

*在不盡順遂的際遇，快樂的想像是那麼美好。那就是天堂，動物和鳥禽一面工作，一面唱歌，對石頭問好，而石頭也回應招呼。

# 蝸牛

小蝸牛，
夢著你爬行。
你所知道的
就是天氣和玫瑰。

你所看到的
就是天氣和玫瑰，
啜飲著
露珠的
秘密。

*小小的蝸牛，在詩人眼中，在想像裡，牠的爬行之旅，簡簡單單地，只知道天氣、玫瑰，也只看到天氣、玫瑰。啜飲著露珠，露珠的秘密既晶瑩又純淨。

# 荒野

有任何人
比沒有人
好。

在這不毛的幽暗之地
甚至蛇
那螺旋般
沙漠上的恐怖——
都比，
在這孤單之地沒有人
還要好。

*人害怕孤單，有人比沒有人好。在蠻荒不毛之地，在沙漠的空曠處所，甚至看到讓人害怕的蛇，也比沒有看到任何人，要好很多。

綠色的風鈴聲

## 在美國的流亡者

有些字眼，像是**自由**
甜蜜而且美好值得訴說。
在我心弦
自由每一天都盡日歌唱

有些字眼，像是**解放**
那幾乎令我哭泣，
假如你已知道我所知
你就會知道是何故。

＊美國是一個民族大鎔爐，也是新興民主大國，讓世界上許多懷有美國夢的人們想要在那樣的國度生活。

這首詩特別強調「自由」和「解放」，關連的都是自由。

這是對自由價值的體認。

# 非洲

沉睡的巨人，
你已經休息好一會兒了。

現在我看到閃電
和光耀
在你的笑容裡。
現在我看到
風暴之雲
在你甦醒的眼睛：
閃電，
訝異，
以及年輕的
驚喜。

你的每一腳步
顯露新的跨越
以你的雙腿。

＊非洲從世界的蠻荒之地到新興之地，顯露著非洲子民的覺醒與崛起。美國黑人來自非洲，不只自己的黑人運動，也對非洲的發展關注。對自己的現實，也對自己的根源地持有關切，顯示的是美國黑人運動寬闊的視野。沉睡的巨人從休息中醒覺，顯示在不斷跨越的腳步，也顯示在笑容和眼神裡。

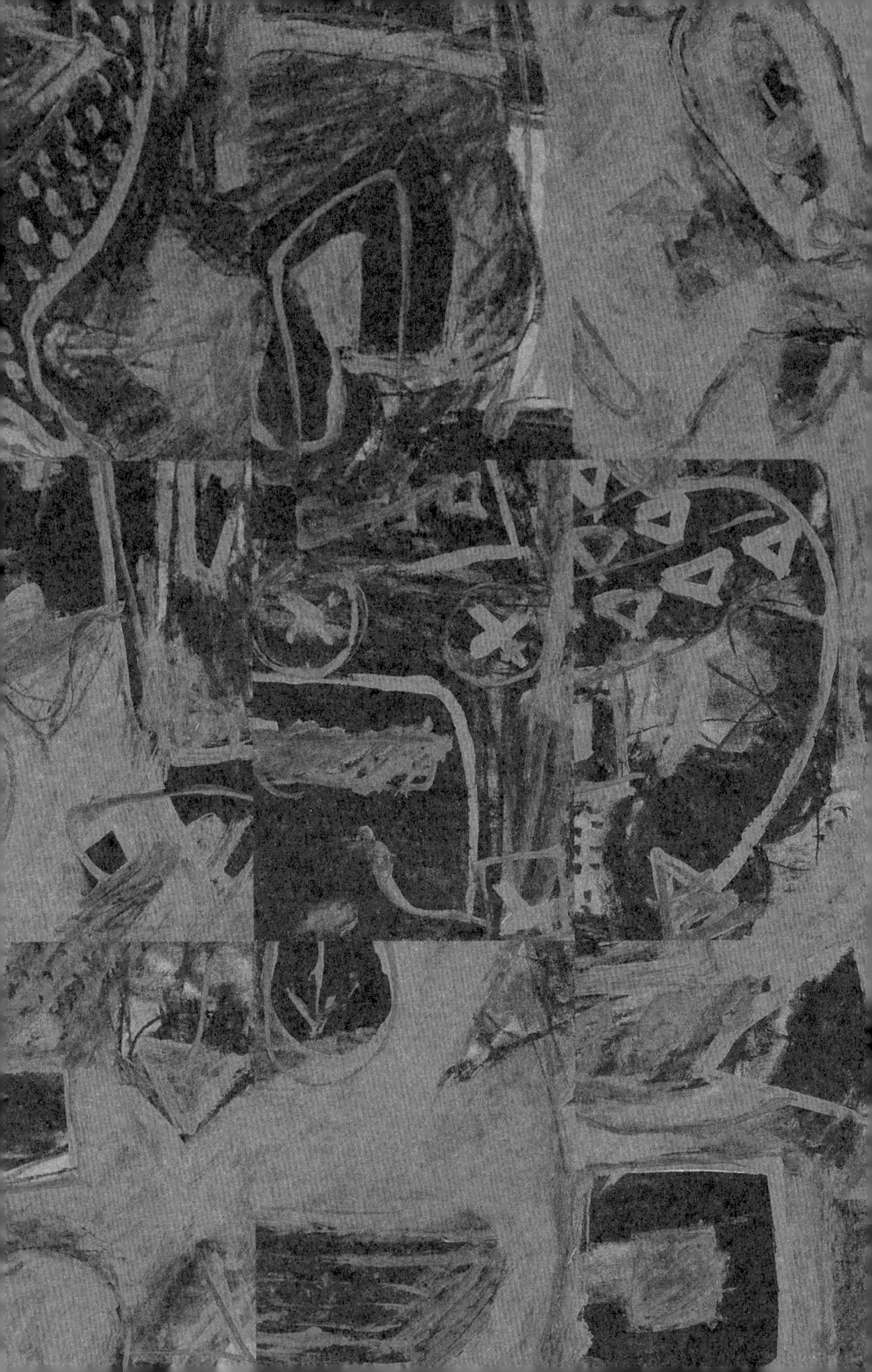

# 聶魯達

# 在海這自然的聖殿

智利詩人聶魯達（Pablo Neruda，1904～1973），也許是當代最被知曉的拉丁美洲詩人。墨西哥的帕斯（Octavio Paz，1914～1999）是拉丁美洲的重要詩人，也曾獲諾貝爾文學獎；阿根廷的波赫士（Jorge Luis Borges，1899～1986）是拉丁美洲的重要詩人。但被喜愛的程度，都不如聶魯達。甚至和聶魯達同為智利人，而且比他的一九七一年更早，在一九四五年就得諾貝爾文學獎的米絲特拉兒（Gahriela Mistral，1889～1957），境外和語系外的聲望，也不如他。

聶魯達以革命的情愫和浪漫的心性，讓他的詩和他的人生交織出火花。他的詩集、傳記，在臺灣也可以看到通行的漢字中文版本，如《二十首情詩和一首絕望的歌》《一般之歌》《地上的居住》《一百首愛的十四行詩》……一如世界每個國家書店的譯本。

聶魯達的百年（二〇〇四）冥誕，他所屬的國家智利以聶魯達年紀念他，這也是聯合國教科文組織的國際聶魯達年。在此之前的一部電影《郵差》，以聶魯達政治經歷裡流亡義大利一小島的情事為主題，在世界各地放映，增添了世人對他的想像。臺灣，也有許多人觀賞了這部電影。

革命情愫在聶魯達詩中的投影，反映的是拉丁美洲被壓迫者的心聲，是血而非音樂，是抵抗而不是馴服的意志和感情。而浪漫心性的反映，投影的是自然與愛情，是男人對女人在肉體與精神的無止盡纏綿。如果說，革命情愫的詩是信物，那麼浪漫心性的詩則是禮物。聶魯達詩裡的自然，是他浪漫心性的一個層面，特別是映照在海洋的點點滴滴。

智利南北縱深的太平洋岸和安地斯山脈，後者在米絲特拉兒的詩裡被觀照，而前者在聶魯達詩中流露。一女一男兩位智利重要詩人，女詩人盤據著山的景象；而男詩人漂流在海的潮流裡。

聶魯達的傳奇人生，是他擔任智利駐外使節，從領事到大使，在亞洲和歐洲，甚至美洲墨西哥的漫長飄泊。這期間，他在西班牙擔任駐巴塞隆納領事時，遭逢西班牙內戰，西班詩人羅卡被殺害；這期間，他也曾多次返國居住，當選國會議員、流亡，且一度是共產黨提名的總統候選人。獲諾貝爾文學獎時，是智利駐法國大使。這期間，他也在智利的黑島（Isla Negra）建築自己的房子，並且定居過。黑島被認為是聶魯達詩人生涯中極為重要的地方，是他必須航向的一個場域。從一九三〇年代末到一九七〇年代初，聶魯達除了駐外和流亡，都住在黑島。他在黑島留下的詩，有許多海洋的風景，有許多魚貝的秘密，既是自然的對話，也是浪漫心性的註腳。

**＊詩的禮物**（李敏勇譯詩）

- 海
- 小寄居蟹
- 貝殼
- 海螺
- 星魚
- 海藻
- 海豹
- 龍蝦
- 章魚
- 魚市場

## 海

太平洋溢流著地圖上的許多國境。沒有
裝填它的場所。它那麼大，狂野而鬱藍
以致不能安置在任何地方。這就是它留在
我窗前的原因。
人本主義者們憂慮渺小的人們而年復
一年凝視。
他們不能盤算。
不只大帆船，裝載肉桂和胡椒在翻覆時
使它芳香。
不。
不只是探險隊的船隻——脆弱地像搖籃
衝撞成碎片掉落深海裡——船的龍骨覆蓋著
死去的人們。

不。

在這海洋，一個人像一灘鹽般溶解，

而海水並無所急。

＊臺灣在太平洋西側，而智利在太平洋東南邊。世界最大的海洋溢流日本、韓國、中國、臺灣，菲律賓、澳洲、紐西蘭，許許多多大洋洲國家，加拿大、美國、墨西哥、瓜地馬拉、哥斯大黎加、尼加拉瓜、厄瓜多爾、哥倫比亞、秘魯、智利。這麼大的海洋，如何裝填它呢？

但詩人說，因此它留在自己的窗前。詩人以窗的視野捕捉，安置狂野而鬱藍的海洋。人本主義者只能憂慮，只能年復一年凝視。渺小的人們相對於無比巨大的太平洋，是何等微小！

大航海的歷史出現在詩中，那些裝載肉桂和胡椒的船隻翻覆在太平洋，爭奪香料的歷史記載在其中。芳香是連帶在香料的比喻，芳香是某種意味，某種想像！不只這樣，多少探險船隻葬身其中。相對於

懷念海軍LST的日子

有鹽分的海洋，人在太平洋，就如同一灘鹽溶解其中，無關緊要。真渺小可想而知！

# 小寄居蟹

小寄居蟹被關在
可怕的塔樓裡
伸出一隻藍色螯刺，抖動
在暴風雨中絕望無助。

在自己塔樓裡小寄居蟹是脆弱的；
白得像海之花
但沒有人能探察到
牠冷寂哥德式城堡的秘密。

＊寄居蟹，在環境生態良好的海灘是常見的海洋生物。寄居蟹尋求外殼保護，外殼好像走動的房子，隨著寄居蟹走動。遇見外物，寄

居蟹會躲在外殼，靜止不動。

與一般蟹類自己有硬殼不一樣，寄居蟹是寄居在自己選擇的外殼，可以變換外殼。絕望無助，但又像擁有冷寂的秘密。

# 貝殼

沙灘的空貝殼，
海水退潮時遺棄它們的，
當再出發去旅行時，
遊歷其他的海洋。

海洋拋棄貝殼
在沖刷中變得光滑，
因海浪出發去旅行的無數親吻
而變得潔白。

*貝類生物死掉後，留下空殼。有些貝殼會被寄居蟹選來寄身，但更多在海灘上。海水漲潮退潮，會帶走它們或遺棄它們。帶走它

們，遊歷其他的海洋；被遺棄在沙灘，被人們撿視做為飾品或被寄居蟹選為保護殼。

潔白的貝殼是沖刷而變得光滑，是海浪的無數親吻造成的。

## 海螺

海螺等待風
沉睡在海的光裡；
它盼望一種沉重的黑色聲音
那也許會無遠弗屆地充滿
像渾厚有力的鋼琴，
像上帝的角笛
為學者的書冊響起：
它盼望鳴響出它們的寂靜
一直到海靜止不動
苦痛像鉛錘般沉重。

*海螺，像是一種號角。

既盼望一種沉重的黑色聲音；又盼望鳴響出它們的寂靜、沉重，是海螺被人們吹奏的音質；寂靜也是，因為寂靜不動的海，苦痛像鉛錘一樣沉重。

在渾厚有力的鋼琴和上帝的角笛之間，海螺聲，有海的沉重意味。

# 星魚

當天空的星星
無視於蒼穹
在大白天跑去睡覺時，
水中的星星迎接
埋沉在海裡的天空
承擔起海底新天空的
責任。

*星星屬於天空，但星魚屬於海。大白天，看不到星星，水中的星星——星魚，迎接埋沉在海裡的天空。

星星有它們在天上的天空，但星魚有它們在海裡的天空。大白天，看不到天空的星星，但在海裡看得到星魚。

## 海藻

我是暴風雨中的海藻
被碎浪拋擲；
海難船的牽絆
和暴風雨的手
移動並引導我；
你會看我冷冽的花，
我對風的審判
偽裝屈服
我活在水中，
在蟹，在漁人之間，
以我彈性的自由，
以及我碘的法衣。

*暴風雨時海浪洶湧翻滾，海藻渾身被海浪拋擲。動的是暴風雨，靜的是海難船，牽扯著海藻。活在海水裡的海藻，不是被風浪拉走，就是被沉沒於海中的船體勾住，沒有自己的方向，只能屈服於外力。

但海藻說自己偽裝屈服，因為自己對持有的彈性的自由，以及比喻含碘而自認有法力的法衣，仍有自我的執著。

# 海豹

動物學的集團
就是宛如社交集會的海豹
那住在一個橡皮袋裡
或在皮膚的黑亮光輝裡的。

在她裡面
天生的繞行移動
到海的王國
而有人看到這封閉的存在
就在風暴的體育館
發現世界被冰的階梯
圍繞，
一直到她凝視我們

以行星最敏銳的雙眼。

＊沒有真正手腳的海豹，以身體的挪動移位。一大群海豹，既是集團，也是社交集會。身體就像一個橡皮袋，皮膚黑而光亮。

海豹，在鄰近極地，甚至有些緯度較高的海岸，都看得見。一種奇怪的兩棲類，能在海中和有水的岸上活動。暴風雨和冰雪，都沒有打倒海豹，而海豹的犀利眼神是那樣敏銳！

# 龍蝦

停！海岸的
意外黑豹群，屈曲
從海底的洶湧波濤
像光明之劍般攻擊，
同一時間全都咬住
狂熱地起伏著
一直到牠們都落入網裡
並且穿著鬱藍衣飾退場
在鮮紅色悲劇性的宿命結局裡

＊龍蝦，在深海岩礁裡，看似黑色的；被捕捉，近看時有些鬱藍色彩；烹煮後，變成鮮紅色。

從具有觸角，鐵甲之軀，像是黑豹，但被吃食時的宿命結局，又像充滿悲劇宿命。

## 章魚

章魚，喔血色的僧侶
你寬鬆衣物的擺動
散布在岩石的鹽上
像一個惡魔的花言巧語。
喔內臟的證據，
凝結的光之枝椏，
專制君王的頭
手臂和災難信號
寒慄的肖像，
黑雨的多雲層。

＊以僧侶的形象素描章魚，以寬鬆衣物的擺動描繪八爪。章魚，被賦予惡魔的形狀，花枝招展成為花言巧語。

內臟有黑汁，也成為負面證據。那些不知是手或是腳的東西，遇烹煮成為白色，成為光的枝椏。

圓禿的頭和專制君王的頭連帶起來。令人寒慄的形影，也許反映了詩人政治批評裡的投影。

# 魚市場

魚從尾部吊掛，
洋溢魚的光彩，
展示魚的銀亮，
甚至蟹仍然張牙舞爪，
在裝飾的大檯面上，
通過海的秤盤
只有海的身體消失，
海不會死亡；海也不出售。

*賣魚的市場，看得見的景象。
漁民捕到的魚蟹，或倒掛，或鋪陳在檯面，展示著魚的銀亮，張牙舞爪的是活生生的蟹。

通過海的秤盤量稱，只有海的身體：魚類、蟹類會出售、被吃食而消失。海不會死，也不出售，因為海是永恆的存在，是巨大的場所。

國家圖書館出版品預行編目資料

聽,世界在吟唱：詩的禮物. 2 / 李敏勇編著. -- 初版. -- 臺北市：圓神, 2014.07
216面；14.8×20.8公分 --（圓神文叢；164）

ISBN 978-986-133-503-2（平裝）

813.1　　103009807

The Eurasian Publishing Group 圓神出版事業機構 用心與你對話・視野無限寬廣　圓神出版社 Eurasian Press

http://www.booklife.com.tw　inquiries@mail.eurasian.com.tw

圓神文叢 164

# 聽，世界在吟唱——詩的禮物2

編　　者／李敏勇
發 行 人／簡志忠
出 版 者／圓神出版社有限公司
地　　址／台北市南京東路四段50號6樓之1
電　　話／（02）2579-6600・2579-8800・2570-3939
傳　　真／（02）2579-0338・2577-3220・2570-3636
郵撥帳號／ 18598712　圓神出版社有限公司
總 編 輯／陳秋月
主　　編／林慈敏
責任編輯／連秋香
美術編輯／王琪
行銷企畫／吳幸芳・林心涵
印務統籌／林永潔
監　　印／高榮祥
校　　對／林慈敏・連秋香
排　　版／莊寶鈴
經 銷 商／叩應股份有限公司
法律顧問／圓神出版事業機構法律顧問　蕭雄淋律師
印　　刷／國碩印前科技股份有限公司
2014年7月　初版

定價 290 元　ISBN 978-986-133-503-2